রিনি এন্ড মাচ মোর

দেবমাল্য ঘোষ

Copyright © Devmalya Ghosh
All Rights Reserved.

This book has been published with all efforts taken to make the material error-free after the consent of the author. However, the author and the publisher do not assume and hereby disclaim any liability to any party for any loss, damage, or disruption caused by errors or omissions, whether such errors or omissions result from negligence, accident, or any other cause.

While every effort has been made to avoid any mistake or omission, this publication is being sold on the condition and understanding that neither the author nor the publishers or printers would be liable in any manner to any person by reason of any mistake or omission in this publication or for any action taken or omitted to be taken or advice rendered or accepted on the basis of this work. For any defect in printing or binding the publishers will be liable only to replace the defective copy by another copy of this work then available.

উৎসর্গ-সবিতা পিসি কে

বিষয়বস্তু

ভূমিকা										vii

স্বীকার										ix

  1. রিনি										1

  2. উপলব্ধি - ২য় পর্ব									3

  3. 20th To 21st									5

ভূমিকা

রিনির এবং জীবনের কিছু উপলব্ধির কোলাজ এই বই। যারা একাকার হয়ে যাবে হয়তো পাঠকের সাথে

স্বীকার

কৃতজ্ঞতা স্বীকার রিনির মতো হাজার হাজার রিনি কে আর এই পরিস্থিতি কে

1

রিনি

জীবন কতো টা অনিশ্চিত , আজ যে কাছের মানুষ কাল সে শক্র হয়ে যাবে এ যেনো আমাদের বোধগম্য হয়না । জীবনী শক্তি কখন অবসাদের বিষ পান করে তাও বোঝা খুব ই কঠিন । প্রভাষ ও বুঝতে পারেনি , কখন সে নিজেই তার প্রাণোচ্ছল জীবনী শক্তির ভ্রণ কে হত্যা করেছে । রিনি ওর থেকে আড়াই বছরের ছোটো , তবু মেয়েটা যখন ওকে কিছু বোঝায় ও নিজে বাচ্চার মতো সব কথা শুনতো । বিয়ে বাড়ীতে ওদের আলাপ তৃপ্তি ওদের দুজনের ই বন্ধু তবে তৃপ্তির বিয়ের আগে ওরা কেউ ই একে অপরকে দেখেনি ।

প্রভাষ সন্ধ্যে বেলা থেকেই দেখছিল রিনি কে আর ভাবছিলো কে এই মেয়েটা ? রিনির সৌন্দর্যের থেকেও রিনির প্রাণ খোলা হাঁসি যেনো বেশি ভালো লাগছিলো প্রভাষের । বাসরে ওরা এক জায়গায় হয়, গানের লড়াই এর মাঝে রিনি বলে ওঠে " দাদা আপনি তো participate ই করছেননা , " প্রভাষ যেনো অধীর আগ্রহে শুধু এই ডাক টার জন্যই অপেক্ষা করছিলো। প্রভাষ হাঁসে মনে মনে আর গান ধরে " অভি না জাও ছোর কর্" ।

এর পরে ওদের দুজনের জীবনেই কএক মাস কেটে যায় , প্রভাষ এর মনে ডানা বাঁধতে থাকে

ভালো লাগা থেকে প্রেম , রিনির নম্বর ও জোগাড় করে ও । ধীরে ধীরে আরো ভালোবেসে ফেলে । প্রথম দিকে যে ওকে অনেক কাঠ খড় পোড়াতে হয়ে ছিলো তা বলাই বাহুল্য। এক দিনের দেখা কিভাবে এরম ভালোবাসায় বদলে গেলো রিনি ও জানো বুঝতে পারেনা । তবে সব ভালোবাসার রাস্তাতে যে কাঁকর থেকে তার ব্যাতিক্রম ওরাই বা হয় কি করে ?

লিখতে লিখতে হঠাৎ করে লালন এর একটা গানের লাইন মনে পরে গেলো " বামন চিনি পৈতে প্রমান বামনি চিনি কি প্রকারে " সত্যি কথা বলতে কি লালন যে কথা সবাই

কে অতো বছর আগে বোঝাতে চেয়ে ছিলো তা আজো কিছু মানুষের বোধগম্য হয়নি । সত্যি কথা বলতে কি তারা বোধ করি মনের দিক থেকে শিক্ষিত নন ।

রিনির লড়াই টা এভাবেই শুরু হয়ে ছিলো একদিকে শাশ্বত প্রেম অন্য দিকে তথাকথিত সুশীল সমাজের প্রতিনিধি হওয়া পরিবার । মেনে নেয় রিনি প্রভাষ বাজে কম রোজগার ওর বিরিয়ানি সপ্তায় একদিন খাওয়ানোর ক্ষমতা , রোজ রোজ বউয়ের আপদার মেটা তে পারবেনা ও । সুখে থাকবেনা রিনি । কান্নার জলকে চির সঙ্গী বানাতে চায় একা বাঁচতে চায় । আমি ধর্ম বুঝিনা হয়তো সূর্য আর চাঁদ ও রিনি আর প্রভাষ এর মতো ভালোবাসার শাস্তি ভুগছে ওরা লড়ছে নিজেদের সাথে ইচ্ছের বিরুদ্ধে ।

2

উপলব্ধি - ২য় পর্ব

উপলব্ধি

বিষয়- অপরিচিত

আজ কে দুপুরে উপলব্ধির ১ম পর্ব লেখা শেষ করেছি, এবার পালা ২য় পর্বের। এই পর্বের বিষয় আপনারা আগেই শিরোনাম দেখে বুঝতে পেরেছেন। এই পর্বে যার কথা বলবো তার পরিচয় আপনারা হয় পর্বে আগেই পেয়েছেন। যাকে আমি নাম ধরে ডাকি, তার কথা বলবো। এই পর্ব টা উপলব্ধি সিরিজ এর অন্যান্য পর্ব গুলির থেকে সম্পূর্ণ আলাদা। এই লেখাটা যত টা না আমার উপলব্ধি তার থেকে অনেক বেশি ওই নাম ধরে ডাকা মানুষটির।

সবকিছু তেই আমরা ভূমিকা বা introduction দিয়ে থাকি, তাই এই মানুষটির ও একটু ভূমিকা দিয়ে দি দৈর্ঘ্যে ৫০ থেকে ৫২ হবে, ফর্সা না মোটা না রোগা, চুল গুলো ছোটো অর্থাৎ একজন মায়ের যা চুল দেখতে আমরা অভ্যস্ত তার থেকে কম। আমরা প্রতিটা মানুষ ই কোনো না কোনো জিনিসের প্রতি নেশাগ্রস্ত, কেউ গণ সংযোগ মাধ্যমের, কেউ আবার মদের বা অন্য কিছুর। এই মানুষটি জোয়ান এর Ajwain) নেশা করেন। ওই দুপুর তিনটে থেকে ক্রমাগতভাবে চলে এই নেশা করা। তিনি কতটা জোয়ান খান তা পরিমান বললেই আপনি বুঝবেন। ১টি সপ্তাহে ইনি ৫০০ গ্রাম জোয়ান খান। আমার কল লিস্ট চেক করলে আপনি বুঝতে পারবেন ইনি আমায় আমার ঘুম ভাঙা থেকে রাত ১২.০০ পর্যন্ত কমকরে ২৫ বার তো ফোন করেনই। একটা ৫ বছর এর পুত্র সন্তান এবং মা কে নিয়ে তার সংসার। স্বামী আসেন। সপ্তাহে একবার। এবং তখন ও তিনি তার মা এর বাড়ি থাকেন, আপনার মনে হতে পারে আমি এই নামহীন মানুষটির প্রতি পক্ষপাতিত্ব করছি। সে আপনি ভাবুন লেখার শেষে আপনাকে ভুল প্রমাণিত করার দায়িত্ব নয় আমি নিলাম। বিয়ের আগে এই নামহীন মানুষটি উত্তর বঙ্গের বাসিন্দা ছিলেন। এবং তার স্বামীর সাথে তার একটি সম্পর্ক স্থাপন হয় তার কার্যসূত্রে। বিয়ের

৬ দিন আগে পর্যন্ত এই নামহীন মানুষটি

জানতেন তার হবু স্বামী এক জন ইঞ্জিনিয়ার। এই তুলটি ভাঙে তার বিয়ের ৫ দিন আগে, যখন তিনি তারহবু স্বামীর কাছে শোনেন তিনি মাধ্যমিক পাস। যেখানে এই নাম হীন মানুষটি ৭৫% নম্বর নিয়ে তার স্নাতক ডিগ্রিটি শেষ করেন। যাই হোক তিনি বিয়ে ভাঙেন নি। এবং স্বামী কে নিজের অর্থ ও সমস্ত মানসিক সাহায্য দিয়ে তিনি M.B. A কমপ্লিট করিয়েছেন। তবে এই ভদ্র লোক এখন এই নাম না জানা মানুষ ছাড়াও অন্য একটি নারীর সাথে সম্পর্কে আছেন, বর্তমানে এই ভদ্রলোক একটি নামজাদা ভারতীয় কোম্পানির স্টোর ম্যানেজার।

বলাই বাহুল্য ভদ্রলোকের জীবনে আর কোনো বাঁধা মোটা মোটি ৩ বছর পর আর থাকবেনা। কারন এই নাম না জানা মানুষটি কর্কট (Cancer) রোগের শিকার। তার জীবন সম্পর্কে আমি আপনাকে ৫.৫% বলেছি আর বলতে চাইছিনা। এই মানুষটির সাথে আমার পরিচয় ৫ই সেপ্টেম্বর ২০২১ তারপর তিনি আমায় ৭ই সেপ্টেম্বর ফোন করেন প্রথমে আমার মনে হয় কে এই অপরিচিত। আজ এ আমার কাছে এবং আমি এর কাছে চরম পরিচিত। গতকাল রাতে অবশ্য এর সাথে আমার একটু ঝগড়া হয়েছে, ঝগড়া বলা ভুল অভিমান হয়েছে। সে আমায় বলেছে না সে ভালো স্ত্রী, না ভালো মা,না ভালো কন্যা না ভালো বন্ধু। কারণ দিয়েছে সে ঠিকই কিন্তু সে এটা বোঝেনি কোনো কারন ই তার বিপক্ষে কথা বলছেনা। বরং এটাই বলছে যে সে কতটা ত্যাগ করেছে তার এই ২১ বছর এর জীবনে। খুব জানতে ইচ্ছা করছে নামটা? নাম না বলতে পারলেও একটু আঁচ তো দিতেই পারি। এনার তর্ক হয়েছিলো যাজ্ঞবল্ক্য এর সাথে। এখন রাত ২.৩৪ সুতরাং এই পর্বের এবং এই মানুষটিকে নিয়ে লেখার যবনিকা টানলাম এখানেই।

3

20th to 21st

This 20th to 21st year age is very crucial for Every one. Even for Our Globe also, How? Maybe you know better than me. Yes I'm Saying about Covid-19, 2020-2021 alas for everyone and hurray for me, Because am the laziest person of this world. Lockdown unable to fucked up me. But forget about everything today I'm not here to say my fucking story because I'm not that popular and I'm not in TED-X stage. Today I'll say you people John's story, he is also lazy but not more than me. A simple adolescent boy. Who love to walk in road of Britten at midnight, who love to smoke, who love to stoned and love to do most lovely thing in this world, mean to Say love to fuck. He love to fuck that's fine but this fuck fucked him up. He was with his finest and best lady. But he don't know that how to be with her, how to deal with her, how to deal when she is disappointed. He usually think disappointed so what? She'll back. But every time? No, not everytime, John don't know that. Because he see one side of book, not full novel. Finally that lady leave John for valid fucking reason. And then he realise not only he who love to fuck, Karma can fuck him too. Brilliant student John become a dropout. Started taking therapy, Anti depression pills. Like this not ups and downs after only downs towards the year john 20th year of life came in conclusion after attempting suicide.

No he is not dead after small treatment he was fine phisicaly. 6th September before one day of John's birthday, at eve john scrolling

his insta suddenly his hand stop, John's 18 th birthday pictures, in which day his lady was regretted because she is not the 1st person who wishesh john in his birthday. John never cry, but today he can't control his self. 7th September John's birthday today also 1st wish came from his lady.

But not as his lady as his friend. John's mother's boyfriend wish him, john says thank you. Whole day john with him his self and memories, what john can't forget.